D1860399

भूख

भूख

सुभाष

GenNext Publication

इस पुस्तक के सर्वाधिकार सुरक्षित हैं। लेखक की लिखित अनुमति के बिना इसके किसी भी अंश को फोटोकॉपी एवं रिकार्डिंग सहित इलेक्ट्रॉनिक अथवा मशीन किसी भी माध्यम से अथवा ज्ञान के संग्रहण एवं पुन:प्रयोग की प्रणाली द्वारा किसी भी रूप में पुनरुत्पादित अथवा संचारित-प्रसारित नहीं किया जा सकता।

भूख

© सुभाष

I ISBN: 978-93-5324-137-7

भारत सन् 2019 में प्रकाशित

जेन्नेकस्ट पब्लिकेशन

5, अंसारी रोड, दरियागंज,

नई दिल्ली-110002

Phone : 9811692060

ई-मेल: gennextpublication@hotmail.com

मुद्रित: जी. प्रिंट प्रोसेस, दिल्ली

अनुक्रम

प्रस्तावना

इस कविता संग्रह भूख में मैंने समाज के अन्तः कोलाहल और आर्थिक, सामाजिक, भेद्भाव एवम् शोषण के प्रति वर्तमान स्थिति को दर्शाया है। यहाँ मैंने अपने वैचारिक अभिव्यक्ति और इसका समाज के साथ का परस्पर द्वंद्व को कविताओं के माध्यम से प्रकट किया है।

यह मेरा एक प्रयास है और ऐसा विश्वास है कि यह सतत् और निरंतर गतिशील रहेगा।

मेरी पहली काव्य कृति संवेदना है तथा यह मेरी दूसरी स्वरचित काव्य संकलन है।

कुछ मंचों से इन कविताओं का पाठ किया है। त्रुटियों की ओर आप ध्यान आकृष्ट कराएंगे, ऐसी मैं उम्मीद करता हूँ।

प्रकाशक को 'भूख' छापने के लिए धन्यवाद ज्ञापन करता हूँ। मैं सभी व्यक्ति और संस्थान, जिन्होंने सहयोग किया या जिसके कारणों से इन कविताओं का जन्म हुआ, उन्हें मैं हृदय से धन्यवाद देता हूँ।

भवदीय, सिकुड़ा सपाट, भूखा पेट

नौकरी का विज्ञापन,
कुछ ऐसा है,
जरुरत है, एक शख्स की,
जो पढ़ सके,
भूखे पेट की लकीरों को।
अनिवार्य, शैक्षणिक योग्यता,
भूख मागने की कला में स्नातक।
वांछित अनुभव,
आँखों से ही मापकर बताना,
भूखे पेट का आकार कैसा,
चौकोर, त्रिकोण या पंचकोण
या
भूखे पेट की रेखा का घनत्व, कितना।
आवश्यकता ही अविष्कार की जननी है,
आप आहर्ता पूर्ण करते हैं तो,

बड़े अक्षरों में शीघ्र, आवेदन करे।

इन्तजार में,

भवदीय, सिकुड़ा सपाट,

एक भूखा पेट।

*****

वही भूख, वही गरीबी

वक्त ने वक्त से किया सवाल,
वही भूख, वही गरीबी।
क्यों वक्त बेवक्त,
शोषित होता,
धूप में तपता,
सर्द में ठिठुरता,
मामूली सा इंसान।
वक्त ने पूछा,
दशकों बीते,
मसला अपना, नहीं है बदला।
वही भूख, वही गरीबी।
वक्त का द्वन्द,
मेरी तपस्या, क्यों है व्यर्थ।
किसकी जड़ता,
किसकी मूढ़ता,

क्यों मैं कुढ़ता।
वक्त की उलझन
लालच, ईर्ष्या,
द्वेष भाव के,
मकड़ जाल में,
क्यों फंसा खड़ा है,
दो पैरों का चलता-फिरता इंसान।

*****

जिंदगी की छपाई, कुछ पढ़ने की कोशिश थी

प्लास्टिक की कुर्सी पर बैठ,
अखबार के पन्नों में,
आँखों पर प्लस दो नंबर का,
चश्मे चढ़ाकर,
जिंदगी की छपाई,
कुछ पढ़ने की कोशिश थी।
दाल के भाव में उछाल,
बिजली, पानी, हवा हो रहा है, महंगा!
घटा था, सिर्फ पेट्रोल का भाव,
बस, एक पैसा।
चाय की चुस्कियों में,
जबान लड़खड़ाई,
चलो, आज की अच्छी खबर है।
चश्मे को हाथों से साफ कर,

ललाट के शिकन को सीधाकर,
इन सबसे, भागने की चाह थी।....
कुछ पल सकून की आस में,
बंद आँखों से बीते पल को जीने की कोशिश की।
स्कूल की फीस, दवाई का खर्चा,
अपने कपड़े, घर का सामान..... फेहरिस्तें इतनी लम्बी।
बेचैन मन, आंखें खोल,
अखबार की छपाई को,
पढ़ने में फिर तत्तपर हो गया।
हिम्मत नहीं थी, जिंदगी की छपाई पढ़ने की।

*****

रहो तुम या न रहो

जायद पानी, कुछ मौतें,
कम हवा, नवजात की मौतें,
तंत्र ये अपना, इतना निर्दय,
फिर भी मदमस्त हो,
खेल रहा है लोथों की, हूँ तू तू तू।
सौ घड़ा पानी का,
गिरा हुआ, इधर-उधर,
तड़प रहा साँच, गर्म आँच पर।
फिर भी, सियासत सेंक रहे हैं,
मरघट के गिद्ध, खड़े,
वही के वही।
सिसकियाँ,
रोदन या कुहराम।
जाने वाला क्या मांगे,
लीपापोती, स्पष्टीकरण, खुलासा।

मुआ, समझ न आया,
सियासत का ये कैसा, है पैगाम।
कहना बस इतना ही,
रहो तुम या न रहो,
रहूँ मैं या न रहूँ,
सियासत है मुआ,
अपना, वहीं का वहीं।

*****

रे बाबू :-------

जीवन का खेल बाबू,
झोल मोल है,
रे बाबू,
सब गोलमोल है।
सच्चा कौन,
झूठा कौन,
ऐ बाबू,
हार-जीत के खेल में,
सब तोल-मोल है।
दीखता क्या,
बिकता क्या,
सुन बाबू,
सब गोल-मोल है।
लुकता नहीं,
ढुकता नहीं,

ओ बाबू,
विलायती, चढ़ा कर,
यहाँ, कोई सुनता नहीं।
छोटका बिगड़ता है,
मंझलवा गुर्राता है,
संझलवा चिचियता है
का कहिन बाबू,
जीवन का खेल में,
बुझाता, बड़का झोलझाल है।

*****

मैं क्यों फक्कड़हाल हूँ

जान मेरी,
जिंदगी से बेहाल हो,
खाली जेब, तंगहाल हूँ।
मैं क्यों फक्कड़हाल हूँ,
ठनठन, खस्ताहाल हूँ,
फिर भी क्यों, झेलता,
लुगाई की सौ सवाल हूँ।
जान मेरी,
मैं फक्कड़हाल हूँ
क्योंकि तेरे बेजा इस्तकबाल से,
जिंदगी के हर रास्ते में बवाल ही बवाल है।
वक्त का धमाल है,
किस्मत का कमाल है,
मुझको न मलाल है,
मैं क्यों फक्कड़हाल हूँ,

और बेजा गधे मालामाल है।

जान मेरी,

मैं फक्कड़हाल हूँ,

खाली पेट का ये चौपाल,

है क्योंकि, भूख से बेहाल हूँ।

और,

भागते किस्मत को, न जाने,

इस फक्कड़ का,

कुछ लिखकर, पकड़ने का,

सिरफिरा बस एक ख्याल है।

*****

रावण हैं सब

छोड़ो भाई, किसको बोले,
मैं, या तुम, या वो,
भगदड़ में रौंद दिया, जिंदा इन्सानों को।
कहकहरा कैसा,
कौन सा विजय,
कौन सा उत्सव,
खुशियों से लबरेज है आज।
रावण हैं सब।
साँसत में लटके थे,
मसल रहे थे, कुचल रहे थे,
जिंदा लथपथ लाशों को।
पूछ रहा है रावण,
अग्निकुंड की ज्वाल में,
इतने इन्सानों की होम।
रावण हैं सब।

सिकुड़े, जकड़े, अहसासों में,
पंगु, लुंज पुंज, निस्प्राण तंत्र में,
रह–रह कर, लथपथ,
तिल–तिल चीत्कारें,
विजय उत्सव है, ये कैसा।
रावण हैं सब।

*****

फिक्र कहाँ:

इन टूटे हुए इरादों में,
इन कटी हुई लकीरों में,
ढूंढने से भी, सनम,
न तुम मिले, न हम मिले।
फिक्र कहाँ,
गिरती हुई बूंदों को,
आँसू है, या कि मोती।
तमन्ना है,
सिर्फ सिमटकर,
समुन्द्र की आगोश में, समाने की।
जो कि,
वक्त के काँटे में उलझकर,
सनम क्यों,
तलाशते हो, इस सब्ज बाग को।
जरुरत तो है, सिर्फ दो गज की,

फिर न जाने क्यों,
यूँ ही खो दिया है, आपा,
सनम, हमने भी और तुमने भी,
अस्तित्व के इस, गोरखधंधे में।

*****

प्राण पखेरू, पल पल होता

टूटी, फूटी,
गिरते, पड़ते,
चलते, फिरते,
घिसते, पीटते,
मरघटों की बस्ती में,
जीवन देखो, कितने सस्ती।
खेल तमाशा,
भूत पिशाच,
ठोक के ताल,
भूंक रहे हैं,
गली चौराहे,
डगर नगर में।
डर डर के,
गिरते पड़ते,
रिस्ते टभकते,
अंजर पंजर ढीला कर,

सत्य यहाँ निस्तेज हो,
दर-दर भटके।
जोश रोश में,
घड़ी-घड़ी में,
गाहे बगाहे,
भूत पिशाचों की टोली में,
लड़, मर मिटने को,
क्यों निष्प्राण, हो रहे हो।
आज नहीं तो,
कल या परसों,
मिट्टी, राख, हवा या पानी,
भूल भाल कर मिटना छिपना,
प्राण पखेरू, पल पल होना।
पता नहीं क्यों,
मरघटों की चौहदी में,
भूत पिशाचों की आरेखों को,
उकेरने, सब क्यों, लगे पड़े हो।

*****

क्यों इस दिन

इक डब्बा,

इक गाड़ी,

इक मैं, इक तू, और

इक इतनी सी ही, इक में,

क्यों इस दिन,

सिमटी दुनिया, है सबकी।

इक कचकच,

इक मचमच,

इक शोर- शराबा की आपा धापी में,

इक जीवन की इह लीला को,

इक इक क्षण,

इक मैं, इक तू, क्यों लील, रहे हैं।

इस पल, उस पल,

इक मैं, इक तू,

उस खुदा को, क्यों भूल कर,

धर्म-अधर्म की, जाँत-पाँत की,
महिमा मंडित आभा क्यों,
इक मैं, इक तू,
घुट-घुट कर, गूंथ रहे है।

*****

कोरा किताब

एक किताब,
जिंदगी का,
मैं पढ़ रहा था।
एक फलसफा,
कोरे किताब का,
जिंदगी में, समझ रहा था।
एक लकीर, इस हाथ की,
अन्यास ही,
कब, कहाँ, क्यों, उलझ पड़ा।
एक पल में ही,
क्या कहूँ,
जिंदगी के,
सारे विषय लड़ पड़े।
इतिहास मेरा,
भूगोल हो,

बस, लोल है।

गणित, विज्ञान,

सुरखाब के खुमार में,

मदमस्त है।

कोरा किताब,

कोरा दिमाग,

कोरा विषय,

कोरा-कोरा ही,

जिंदगी का अंत है।

*****

छल-कपट

झूठ - सच,
ऊंच - नीच,
धर्म - अधर्म
एक प्रपंच।
लटक,
झटक,
उठा पटक,
त्याग कर।
लिपट,
सिमट,
चिपक,
लोप कर।
रोष,
जोश,
होश से

ओत प्रोत हो।

रौद्र बन।

प्रतिकार कर,

सँहार कर,

उद्धार कर।

उद्‌घोष हो,

जय घोष हो,

सृष्टि के नवसंचार का।

*****

बस एक मोबाइल

चलती,

फिरती,

हारती,

जीतती,

जिंदगी में।

साथ है, कौन,

बस एक मोबाइल।

रोना,

गाना,

मुस्कुराना,

साथ है, कौन,

बस एक मोबाइल।

लड़ना,

झगड़ना,

प्रेम संवाद।

साथ है, कौन,

बस एक मोबाइल।
भ्रम,
विभ्रम,
आकार,
विकार।
इलाज है, क्या,
बस एक मोबाइल।
मर्ज अनेक,
चिंता अनेक,
खोते संवाद,
टूटते सम्बन्ध
चौतरफा अँधेरा,
और बेलगाम जिंदगी।
औषधि है, क्या,
बस एक मोबाइल।
जिंदगी क्या,
मौत क्या,
फिक्र किसे,
साथ है जब,
बस एक मोबाइल।

*****

रात का अँधेरा, कहाँ डराता है

धूल से उड़ते, धुंध का गुब्बार,
ही है, काफी।
गम मिटाने को शराब,
क्यों हलक करूँ,
जब कोख में पलते, नवजात को मिटाने,
यहाँ विकास हुआ, है काफिर।
बड़े समय बाद, हाथ उठा था,
रहमत की बंदिगी को।
क्या पता था, दफन थी तमन्ना,
खुदी को खाक ऐ सुपुर्दगी की।
आदमखोरों की बस्ती में,
आशियाना जलाने को, हर तरफ हरदिल,
है अजिज।
इल्म न था, कफन ओढ़ाने को,
सजदा किये बैठे हैं,
मेरे हमबदन, हर कहीं।

*****

प्रजातंत्र की महिमा देखो !

हो हल्ला,
धूम धड़ाका,
ताल ठोक कर, गला फाड़कर,
अधिनायक, ले साथ अनुगामी,
धूमधाम से, चले फहराने,
प्रजातंत्र की, विजय पताका।
विरोध प्रतिरोध का दौर चला है,
बीच चौराहे, गली मोहल्ले,
आमने - सामने,
चिलम चाली का, हवा बना है।
सड़क का गड्ढा,
पानी का टोटा,
उलझे बिखरे, तारों के जाल,
तिल-तिल लीलता,
जीवन अपना।

बना है फंदा,
आज नेताजी का।
दादा–दादी,
भैया–भौजी,
सास–लुगाई,
खड़े हैं सारे, हिसाब –किताब को।
प्रजातंत्र की महिमा देखो,
कतारबद्ध क्रम से,
नेताओं की,
गली मोहल्ले, धूल फांकते,
परिक्रमा देखो।
बयार है ऐसा,
पैगाम ये देता,
समरसता की हवा,
है बहाना,
देश ये अपना,
स्वर्ग है बनाना।

कहीं ये, मैं तो नहीं!

सर्द सुबह का सवेरा,
नंगे बदन, फटेहाल बैठा,
वजूद मेरा पूछता,
कौन है वो, और कौन हूँ मैं।
बदन पर इतने लबादे मेरे,
और वो इजहार करता नंगे बदन।
गरीबी, भुखमरी, तंगहाली है,
लाचार, बेचारा, दरिद्र,
मेरी सोच ने कसा तंज।
शरीर कैसा,
गाल पिचके, आंत से चिपके पेट,
चेहरा लाल और खड़े बाल,
बड़बड़ाता वो।
कौन है भाई,
मानो अर्ध रात्रि, बेसुध मदिरा दलगत का शौकीन!
बेवड़ा, मवाली, सड़कछाप या,
सभ्य समाज का बिगड़ा औलाद।
सोच इतनी दूर निकल गई,
कहीं ये, मैं, तो नहीं

*****

ये कौन, यहाँ का है, या कहीं और रहता है...

रहते हैं इमारत में,
कई तल्ले और हर तल्ले में,
एक और तल्ला।
मंजिले इतनी की,
देखने से गरदन और कंठ ऐंठ जाये।
गुमान है,
धरती ने छू लिया, आसमान।
उत्कर्ष है, पराकाष्ठा है, विज्ञान है,
संवृद्धि है, इंसान की।
क्यों न करूँ, अभिमान?
खड़ा मैं, इंसान,
सबसे ऊँचे तल पर,
हवा के झोंके, बादलों का रेला और सिर्फ मैं, इंसान।
धूप, हवा, बरसता,

खग, कीट, पतंगे,
सर्वाधिकार मेरा।
जमीं से हवा तक सिर्फ, मैं ही मैं इंसान।
मैं स्वयंभू, मैं इंसान,
मैंने ही रचा है,
इस विकास को।
धरती को चीरकर, आसमान को मैला कर,
इंसानियत को दागदार कर,
अनेको अट्टालिकायें बनाया है,
रहते, जहाँ इंसानों की बस्ती।
एक इंसान मैं भी,
रहता इन्ही अट्टालिकाओं के,
एक तल्ले में।,
ऊपर और दस तल्ला, नीचे भी दस तल्ला।
ईश्वर मैं ही, सृष्टि मैं ही।
गाड़ी, घोड़ा, मेरी बीवी, मेरा लल्ला,
सृष्टि अपनी।
कौन कुटुंब ?
कौन परिजन ?
कौन पड़ोसी ?
आत्मीयता क्या ?

पता नहीं!

लिफ्ट है!

वर्षो से, चढ़ता, उतरता,

पर, कितने जीने, गिना नहीं।

गुमान से अभिमान, कि मरोड़ में, मैं,

और नीचे गलियारे में खेलते,

एक लल्ला ने एक लल्ली से पूछा,

ये कौन, यहाँ का है,

या कहीं और रहता है....

*****

इक इंतजार है इंतजार का

इंतजार है इंतजार का,
दिल बेकरार है, एक इंतजार का।
इन्तिहाँ है इस ख्याल का,
जहाँ हर खबर है, सिर्फ इंतजार का।
इक पयाम है, इस निजाम का,
तू ही ईमान है, मेरे इंतकाम का।
इत्तेफाक है इस मिजाज का,
हो खफा, तेरे सदा से,
हूँ उतारता,
मै, हर गजल में,
इक बेवफा, के इंतजार को।
इक इजहार है, इस खुमार का,
तू ही रूह, जान है, इस गुलाम का।
इक तसव्वुर इस तपिश की,
पासबान हूँ, तेरे हिजाब का।
इस जमीं से उस फलक तक,
इक इंतजार है इंतजार का।

*****

वक्त की

तड़क-भड़क,

लटक-झटक,

वक्त की,

है, उठा-पटक।

आन-बान,

ऊंच-नीच,

वक्त की,

है, एक अभिमान।

प्यार वार

आँखें दो-चार,

वक्त की,

है, एक वहम।

तुम-हम,

इनकार-इकरार,

वक्त की,

है एक अहम्।
आवाक बेवाक
फिक्र–बेफिक्र,
सब छोड़ छाड़
मस्त हूँ मै,
वक्त की,
एक मयखाने में।

*****

मुकदमा दायर किया है

मोतियाबिंद आँखों से,
चटकती हड्डियों से,
थमते कदम,
लड़खड़ाती जुबाँ से,
कहते हैं!
पेंशन मिला नहीं।
गुकदमा दायर किया है,
प्रकरण जारी है।
वृद्ध काया की,
बढ़ती दवाओं की फेहरिस्तें,
आय का साधन नहीं, और,
बीमारी की मार,
कहते हैं,
पेंशन मिला नहीं,
मुकदमा, अभी जारी है।

तंत्र की अबूझता,
छोटों की उपेक्षा और,
अपनों की,
चुकता करने की स्वभाव।
बाट जोहता, खाट पे,
कहता, पेंशन मिला नहीं,
मुकदमा, जारी रहेगा,
खुदा के दरबार में।

*****

इक प्रेम का....

इक तलाश है
प्यार की,
बंदिगी की,
जिंदगी की,
इक तलाश है।
इक कोशिश है,
जीतने की,
हारने की,
कर गुजरने की,
इक कोशिश है।
इक जज्बा है,
जवाबदेही की,
निरंतरता की,
इस जीवनकाल के सम्मान की,
इक जज्बा है।

इक तलाश,

इक कोशिश,

इक जज्बा ही, तारतम्य है,

इक प्रेम का....

*****

आज की जीने की खुराक मिल गई

वो सुबह नींद से उठना,
बंद आँखों से मुँह में,
दातुन दबाकर चौके में जाना।
धीरे से बत्ती जलाना और चूल्हे पर दूध चढ़ाकर,
चौके की खिड़की से, पड़ोस के चौकों में झाँकना।
सामने की तिमंजले चौके में उजाला देख,
मन को शांति हुई, कोई तो जगा है।
मुँह के लार को टपकने से रोकते,
ठण्डे पानी से कुल्ला करना और,
उबलते दूध को चूल्हे से उतारकर,
जल्दी से आटा गुन्दकर, चकले से,
त्रिकोण, चौकोण आकार, रोटी बेलकर,
झटपट रोटी सेंकना।
तभी याद आया, बेटे की फरमाइश,

आज तो भिंडी की सब्जी टिफिन में चाहिए।
एक बार फिर चौके में लग जाना और,
धीरे से चौके से ही आवाज लगाना,
बेटा जग जाओ, स्कूल जाना है।
मेरा जल्दी-जल्दी टिफिन बांधकर,
नाश्ता टेबल पर रखना और
मन की असीम तसल्ली,
चलो एक काम खत्म तो हुआ।
बेटा उठ जाओ, कहने पर कोई हरकत न देख,
दातुन को बच्चे के मुँह में डालना और,
बच्चे का दनदनाते उठकर स्कूल को तैयार होना।
टिफिन को स्कूल बैग में डालना,
साथ-साथ पानी की बोतल,
नाश्ते के मेज पर रखना।
बेटे के चेहरे पर नमी न देख,
बोरोलीन की क्रीम रगड़ना और उसका झिड़कना।
मन के कोने से आवाज आना कि,
आज सवेरे की बख्शीश मिल गई।
वक्त का कैसे गुजरना, ख्याल ही न रहा।
तभी बस की पौं पौं, और,
बेटे का चिल्लाते हुए सीढ़ियों से उतरना।
बस आ गई है, मैं स्कूल से आता हूँ।

मेरा बड़बड़ाना, ठीक से जाना,
झगड़ना मत और मन लगाकर पढ़ना।
बहते हुए वक्त के साथ उसका सीढ़ियों से उतर जाना,
कौन कहाँ रुकता है, सोचता हूँ मैं।
तभी ध्यान में आना,
अरे पानी की बोतल, टेबल पर ही।
झटके से उठना और पूरी वेग से,
आवाज लगाते दौड़ना, बेटा पानी की बोतल।
बच्चे का दोस्तों के सामने थोड़ा असहज होना,
फिर पास आकर धीरे से उसका मेरे गले लगना।
आज को जीने की खुराक मिल गयी।
कल की तैयारी में, एक बाप का फिर से लग जाना।

*****

मेरे रूह की शिरकत

यादों के वादे,
मजेदार हैं।
कुछ खट्टे, कुछ मीठे,
बड़े चटखदार हैं।
चेहरे की चाहत,
बड़ी बेचैन है।
दर्द के अहसासों के,
एक कातिल सितमगर हैं।
तुनक मिजाजी है,
बड़े मेरे इश्कजादे।
कब्र में भी,
मेरे रूह की शिरकत,
के अरमान लिए,
बैठे हैं, तभी से।

*****

लोल है ढोल है

लोल है ढोल है,
दिमाग में झोल है।
लिखता हूँ, सच यारो,
समझते सारे,
ये तो पूरा, बकलोल है।
भूल है,
ज्ञान ही, सम्मान है।
यथार्थ में,
मूल में चुल है,
बाकी, जीवन स्थूल है।
तकाजा है कि,
वक्त से कि जो रार है।
किस्मत अपनी भुलक्कड़ बन,
घुमक्कड़ हो,
आज तो तड़ीपार है।

बकलोल का, ये ढोल है,
लेनी-देनी,
भूल-चूक,
भूल कर।
लोल की इस ढोल की,
गिरते इस ग्राफ को,
अनुकूल, एक अभ्युदय दे।

झुरमुट इन कुकुरमुत्तों की

कसमसाहट मन की,
अंदेशा देती है,
असमंजस के चौराहे पर खड़े,
आवाज किसे दे।
झुरमुट इन कुकुरमुत्तों की,
रंगहीन, गंधहीन, सोखता,
जीवन के सांसों की।
अंदर ही अंदर कुढ़ता, तलाशता वजूद को।
परिभाषा में नवीन प्रद्योगिकी विकार,
अपनों की गर्माहट छूमंतर, है तिरस्कार।
साथ है छुहन, 5 इंच की पटल का,
सिमट गया, मन मस्तिष्क, संसार।
भूलभुलैया का भेदन, न कर पाए,
उंगलियों पे थिरकते इस आसक्त मन को।
संवेदना से उदासीन जल प्रपात,

नूतन की जिजीविषा लिए,
अवहेलना से सराबोर, बह रहा सर्वत्र।
कोशिश इस दौर में, पताका हो अपना,
क्या कहे कसमसाहट न सुगबुगाहट,
सिर्फ अंदेशा आनेवाले अकबकाहट की।

*****

लाशों की बस्ती में, जिन्दा है कौन

लाशों की बस्ती में, जिन्दा है कौन,
निर्मम है इंसान, अनुभूति है गौण।
रोती कलपती है, वो बुढ़िया, वो माँ,
दाने के अभाव में मरता है, जिसका लाल।
चिरनिंद्रा में कफन में लिपटे,
अपने बेटे को जिन्दा समझ,
वो बुढ़िया, वो माँ,
दो निवाला जब, हाथों से देती।
सुनने-दिखाने की, टीवी के संदेशों की,
किवदन्ती वो बनती।
कोई कहता, दीवाना, कोई समझता,
है पागल।
व्यवस्था अपना, वही खड़ा
निर्लज्ज हो अट्टहासे ले, औपचारिकता, है करता।
इंसान हूँ, मै भी,

इस लाशों की बस्ती का।
पत्थर सा संगदिल बन, निर्मम हो,
रोती कलपती, वो बुढ़िया, वो माँ को।
इक किस्सा, कहानी समझ,
ऐसे हकीकत को, चाय के दावत पर,
चटखारे ले, बयां करता हूँ, मै।
लाशो की बस्ती में, जिन्दा है कौन,
इंसान नहीं मैं,
निर्मम हूँ, निर्लज्ज हूँ, निष्ठुर हूँ....

*****

बादलो की हूँजूम में,

घुप अँधेरा पसर रहा।
सुन्न हवा, तिरोभूत है नीर,
ओज आज सूर्य का,
साँझ को ओढ़ कर,
एक निशाचर, है बन गया।

मेरे साथ ही रहो

ओझल न हो,

पास ही रहो,

मेरे हमदम,

यूँ ही मेरे, तन्हाइयों में भी,

मेरे साथ ही रहो....।

नाराज न हो,

पास ही रहो,

मेरे हमदम,

यूँ ही मेरे गमख्याली में,

जाम से जाम, टकराते,

मेरे साथ ही रहो...।

मुनासिब नहीं है,

मुड़कर देखना,

यूँ ही खुली आँखों के, ख्वाबों में,

मेरे हमदम,
बस आते जाते रहो,
मेरे साथ ही रहो....।

*****

चाहतों की बेकरारी

चाहतों की बेकरारी,
कह रही है, इस जुबाँ से,
चाहता हूँ, मैं तुझे,
इस फिजा से उस फिजा तक।
चाहतों की ये खुमारी,
बार - बार, यह कह रही,
आगोश में, मेरे हमबदन हो।
वक्त को कर लू, मैं काबू,
और कहूँ,
जज्बात की इन रास्तों में,
चाहतों की,
बस तेरी तपिश, हो, बस तेरी तपिश, हो।
इम्तिहान,
इन चाहतों की,
दे रही, मुझको सदा।

कह रही,

क्यों खोई वफा, ओ बेवफा।

चाहतों की,

ये अश्रु धारा,

बह रही है,

यूँ ही, ये अविरल।

सिर्फ, तेरे इंतजार में, तेरे इंतजार में।

*****

वक्त का साथ घड़ी को न मिला, हम कौन।

वक्त के काँटों में फँसी घड़ी,
दिग्भ्रमित हो, सोचता,
विचित्र है,
संजीदा है,
पेचीदा है,
जीवन जीने की कला।
चलते-चलते,
पल-पल, अनेक जुड़ते,
और फिर
धीरे-धीरे रास्ते में, अपने क्यों बिछुड़ते।
संशय है घड़ी का,
जीवन क्या है ?
जीना ही, जीवन की कला है।
सोच में दुविधा है, संदेह है,

या शब्दों की सुखाड़।
घड़ी ही कहता फिरता,
वक्त ही घड़ी के साथ न है।
जो अमूल्य था घड़ी, दशकों पहले,
आज सड़क किनारे, वक्त की बाट जोहता।
शायद, कोई खरीदार आ जाये।
कभी शोभा था नुमाईश का,
आज सड़क ठेले पर बिकती, ये घड़ी।
मैले कुचले हाथो में,
सजते ये घड़ियाँ।
शायद वक्त ही बदला है, घड़ी का।
तरसता ये घड़ी, अमीरों के हाथ।
बस सहारा मिला, गरीबों का हाथ।
तरसता ये घड़ी आज क्यों,
घड़ी - घड़ी वक्त को।
वक्त है संभल जा,
वक्त का साथ घड़ी को न मिला, तो हम कौन।
जीवन भी कुछ ऐसा है,
आज तेरा, कल मेरा और न जाने दशकों बाद किसका।

*****

राग ये कैसा, अगड़-बगड़

परिवर्तित है,
समर्पित है,
लोकतंत्र में भ्रष्टता, सर्व उद्घोषित है।
आचरण, व्यवहार, सज्जनता का,
सर्व तिरस्कार।
सत्यता का है, पराभव,
इंसानियत होती प्रतिक्षण, तार-तार।
मुहाने इतने, अनगिनत भूलभुलैया,
आस खोते, बेबस लाचार,
क्यों हूँजूम इतने पीड़ितों की।
चर्चा ही नहीं मुद्दों की,
करे तो,
है परिहास, अपवाद या अवसाद।
असमर्थ नहीं तू,
उदगार तो कर,

इन रास्तों का प्रतिकार तो, कर।
भूख, असमानता,
धर्म-अधर्म की,
घृष्टता का, ताल ठोक, करो विनाश।
समझ ये मेरी, खोटी है क्या।
राग ये कैसा, अगड़-बगड़,
कीचड़ कादों में सुचिता की, मैंने छेड़ी है।।

*****

चारदीवारी, दरवाजे सब टूटे

घर की चारदीवारी में
आंगन का कोना, और
तुलसी का पौधा, जिससे
घर महकता सौंधा-सौंधा।
नये वक्त की नई अभिलाषा में,
मिट्टी सिमटी, आंगन टेढ़ा,
चारदीवारी, दरवाजे सब टूटे।
सुप्त हुए सब, लुप्त हुए सब,
अधिकारों की लाग-लपेट में,
मान मर्यादा को उखाड़ फेंक,
लड़ मिटने को तैयार खड़े हैं।
ज्वाला भूख की, आज दावानल है।
निज स्वार्थ की महिमामंडन ही,
मानवीय आकांक्षा का पुष्ट-स्तम्भ है।

*****

झांकता क्योंः कूड़े के अम्बारों में

देखा है क्या, आपने,
जूझते, कई परिवारों को,
कूड़े के अम्बारों में।
पेट की भूख या सामाजिक रीत,
झोंकता क्यों, कई परिवारों को,
कूड़े के अम्बारों में।
कही दूर नहीं जाना,
आत्म-मोह त्याग,
जरा इस बसे, जहाँ को समझना,
नगर निगम के कचरा गाड़ियों के,
कूड़े के अम्बारो में।
इक अहसास बोधना,
मानवीय त्रासदी की,
जहाँ,

एक परिवार नंगें हाथ, मैले बदन,
बीनता जूठन, गन्दगी, कूड़ा- कर्कट,
कूड़े के अम्बारों में।
नजरअंदाज न करना, समीप जाना,
दिखेगा इक संसार,
लटकते कपड़ों के झूले में,
झूलते नवजात,
इन कूड़े के अम्बारो में।
अस्तित्व दर्शन, नित्य दम तोड़ती,
इन कूड़े के अम्बारों में।

*****

ये काली सी सड़कें

चमचमाती चमकती चौपहिया,
के मेले में,
काली सी सड़कें तलाशतीं,
गुम होती पाटों के बीच,
खुद के वजूद को,
गाड़ियों के रेले में।
एकाकी खड़े, यूं ही अकेले में,
सड़क ताकती, दूर तलक,
स्वतः सिमटते आयाम को,
भांति-भांति वाहन के रेले में।
ये काली सी सड़कें,
तारकोल, रोड़े संग यारना कर,
चमकती समतल पटल को,
कठोर कर,
झेलती दुखते फरियादी के,

नित्य हूजुमो को।
ये काली भी सड़कें,
असीम भीमकाय वजन को,
अपनी छाती पर, हँसते-हँसते,
यूँ ही गुजारती।
कोमलता सड़कों की,
इतनी है की,
जो छलकते पानी के बूंदो में,
जमीं छोड़, नामोनिशान मिटा,
बहने को तत्तपर,
स्वतः ये सड़कें, है रहती।
गरीबी, अमीरी,
बचपन, जवानी या हो बुढ़ापा,
सड़कों के ह्रदय में सबका, है खाका।
कहे ये काली सी सड़कें,
सिमटते दायरों में भी,
चाहे हो साम्यवादी, समाजवादी या राष्ट्रवादी,
सभी की राजपथ गुजरती,
इन्हीं सड़कों से, इन्हीं सड़कों से।

*****

जिंदगी एक ख्यालात

मेहरबानी रहमोकरम है तेरा,
कि अब,
जिंदगी एक ख्यालात हो गया है,
मेरा आज।

खण्डहरनुमा,
इस हवेली का बादशाह था।
फुरसत में हूँ आज, कि अरसा हो गया,
तेरे दीदार ए इश्क में कायल हो,
मेहमान हो गया हूँ,
मै आज।

ताश के पत्तों सा बिखर गया है,
मेरा रकबा।
हर साँस में तेरी याद छुपा,
बस जिन्दा हूँ मै आज।

जो सजदा किया था, तेरा जी भर कर,
खामखाँ, तलाशता हूँ,
तेरे मैयत को,
मैं आज।

शिकायत, जमाने से न मुझको रही आज,
क्या कहुँ, मुस्तकबिल जो मेरा,
खण्डहर में सिमट गया है, जो आज।

*****

जिंदगी, बढे चलो, बढे चलो

जिंदगी,
एक कोरी किताब,
समझा, बुझा,
भुला दिया।
जिंदगी, एक कोरी किताब।
जिंदगी,
एक फलसफा,
शुरू कहा,
खत्म कहा।
जिंदगी, एक फलसफा।
जिंदगी,
मेरी है क्या,
ठगा गया, छला गया,
शह मात के बिसात पर,
जिंदगी, जिया गया।

जिंदगी, मेरी है क्या।
जिंदगी,
जी लो, इसे,
गम- खुशी,
छोड़कर,
जिंदगी, बस, जी लो इसे।
जिंदगी,
कोरे किताब का फलसफा,
ले,
बढ़े चलो, बढ़े चलो।
जिंदगी, बढ़े चलो, बढ़े चलो।

*****

ठूँठे पेड़ की व्यथा: उत्तरदायी कौन

एक हरा भरा पेड़,
दशकों सा खड़ा,
कैसे ठूंठ सा, हो गया।
आंधी में जड़ उथला,
प्यासा ये सूखा,
कुल्हाड़ी ने काटा, या फिर
प्रदूषण का साया।
क्यों कैसे ठूंठ सा, पेड़ हो गया।
पेड़ का बैरी, कौन।
रोते पेड़ से बहते द्रव को छुआ,
लहू सा है।
पेड़ में कम्पन सी हुई,
द्रव और तेज बहने लगी।
पेड़ के चारों तरफ देखा,
वही बगीचा, वही सड़क,

आस-पास की वही इमारतें,
तब्दीली क्या है, इस ठूंठेपन की।
पेड़ एक कोने में वहीं का वहीं खड़ा।
ध्यान दे, कुछ नहीं बदला,
नया था, एक दूध की दुकान।
नित्य सुबह मीठे दूध की बहती मिठास,
पेड़ के जड़ में जाती और,
चींटी चुंट्टों का जमावड़ा,
जड़ चाटते।
ठूँठे पेड़ की व्यथा का उत्तरदायी कौन।

*****

जरा दूर से ही, मुस्करा तो दो

आकार इस दिल का, तो,
इतना छोटा है,
फिर भी, दिलों की दूरियां, कितनी हैं,
फासले तो, इतने कम हैं।
लड़े तो हम भी थे,
पुरजोर,
जरा सी, चोट,
जो लगी,
अपाहिज जिंदगी भर का,
होकर,
आज यूं ही, बैठे हैं।
बंद दरवाजे के पीछे,
ऐ रहनेवालो,
दो कदम चलने का आलस है,
तो,
खुली खिड़की या छज्जों से,

जरा दूर से ही,
मुस्करा तो, दो।
इमारतों के,
ये दरवाजे, ये छज्जे, ये रसोई
इतने पास हैं,
फिर भी,
हवायें हैं तरसती,
इस घर से उस घर को,
छूमंतर होने को।

*****

उंगलियों की थिरकने की बेचैनी

अशांत मन,
क्या करे।
भटकता शाम के अँधियारो में।
सोच की अंधी दौड़,
एक अनकही मंजिल, बाकी सन्नाटा।
इस कोलाहल में,
हंसो का जोड़ा दिखा, अँधेरे में,
मेरे अशांत, मन को।
सोच की परिभाषा, अनंत,
छिपे मन में, इंसानियत की जिजीविषा,
सहसा, रौशन हुआ।
दो हंसो के उंगलियों का खेल,
अनामिका से अनामिका को पकड़ना,
कब सरक कर कानि ऊँगली,
आखिर में पूरी मुट्ठी भींचना।

उंगलियों के बीच का,
ये हसीन लय, और प्रेम का ठहराव,
देखता मन ही मन,
ईष्या के साथ, मै अवाक्।
आंखे नाचती मेरी,
हंसनी के दूसरे हाथ के,
बेतरबी से ऊँगली को थिरकते देखा।
एक चिमचिमी के अंदर बंद लहलहाती,
फूलों को पहली बार देखा।
इठलाती इतनी मौजों के साथ,
दो ऊँगली से एक ऊँगली में,
फिर मुठी के अंदर आना और बाहर फिसलना।
सोचता मन मेरा,
क्या यही, जीवन का सम्पूर्ण आन्नद।
स्थिति हंसो की,
हंस के मैले कपड़े, बटुआ मोटा,
शायद कागज के बंडलों से।
बेफिक्र इनसे, हंस –हंसनी की,
कमर से कमर टकराते, अजेय चाल।
हंसनी की लहराते सरकती घाघरा और,
पुराने चप्पलों की खटर–पटर आवाज,
के साथ झलकती, एड़ी में फटे,

अनेकोनेक काली दरारें।
ऐसा लगता,
मानो जमीं नहीं, आसमान चूमते हैं।
अवाक् मन मेरा पूर्णतः शांत,
और मेरी,
उंगलियों की थिरकने की बेचैनी,
काश! इनका साथ देती कोई ऊँगली।

*****

जिंदगी नहीं अब रवानगी माँगता हूँ

ऐ जिंदगी,

हवा संग बहक कर,

हाथों से सरक कर,

सुलझ कर उलझ गई,

ऐ जिंदगी।

ऐ जिंदगी,

अहसासों में सिमटकर,

खुद को बेफिक्र कर,

इधर से निकलकर,

उधर को उलझ कर,

नासूर हो गई है।

ऐ जिंदगी।

ऐ जिंदगी,

चला था जो आगे,

जीत के उमंग में,

सबको, अनदेखा कर,
ठोकर जो ऐसी लगी आज,
करहाने की भी आवाज,
गुम हो गई है।
ऐ ज़िंदगी।
ऐ ज़िंदगी।
मुखालफत किया था,
फाँसा गया मैं।
तकाजा नहीं मैं,
रहमोकरम माँगता हूँ,
जिंदगी नहीं अब रवानगी माँगता हूँ।
ऐ ज़िंदगी।

*****

पत्थरों के आशियाने

ईंट से ईंट जोड़,
बनाते हैं आशियाना पत्थरों का।
पत्थरों के इमारतों का,
पथरीला, कंटीला आचरण भुलाने,
समय-दर समय मनभावन रंग चढ़ाते।
विडम्बना है,
आने वाले नस्लें फिर भी क्यों, पथरीले होते जायें।
डाला नींव में जो,
रोड़े, गारे, सरिया और पत्थर,
पनपेंगे भी इंसान, यहाँ पत्थर के, ही।
अजीब मजूबन है,
इधर पत्थर से पत्थर जुड़ते,
शहर के घरों में,
उधर पत्थर से पत्थर टूटते,
खेत, खलिहान, पहाड़ों में।
जोड़ता इन पत्थरों को,

वही बिखरा हुआ इंसान, गाँवों का।
सब कुछ गवां कर, बाँस के बल्ली पे,
रस्सी से लटकता, देखता पूरे कुनबे को,
गढ़ते, पत्थर के आशियानों को।
न जाने क्यों, बाट जोहता ये मन,
पत्थरों के पिघलने का।
शायद इंतजार है,
हवा, पानी, रोशनी या जलजले से,
स्वतः ही बिखरने का, इन पत्थरों के आशियाने का

*****

बंदिशें, बंदिशें, बंदिशें

बंदिशें इकरार की,
बंदिशें करार की,
बंदिशों में जकड़ कर,
कुम्भला गई है, जिंदगी, ये प्यार की।
बंदिशों की जिंदगी है,
हर तरफ दरिंदगी है।
अग्रता है वाद की,
विवाद ही सर्वमान्य है।
संवाद का अवसान हो,
व्यवस्था ऐसी आ गई,
मुरझा गई है, जिंदगी, ये प्यार की।
बंदिशें ये वर्ण की,
बंदिशें ये, गोत्र की,
बंदिशें ये धर्म की,
बंदिशें ये अधर्म की,

सुलगाती है अलगाव को, प्यार के अभाव को।
बंदिशों की सय्या पर,
तरसती है, ये जिंदगी, मात्र, दो बून्द प्यार को।

*****

वर्तमान में जीने, एक मयखाने की ओर

शब्दों से खेलते,
दौर आये, गये।
शब्द अपनी शबाब तलाशते,
किस दौर में,
दफन होकर, कब्र में तब्दील हो,
लापता है,
पता ही न चला, इन शब्दों को।
शब्द कितने, अनेकानेक,
कागज के कफन में लिपटे,
पुस्तकालय के कोने,
धूल की परतें खाती।
इन लिफाफों का पता,
नये दौर में स्वतः ही खोता, चला गया।
याद हैं वो मास्टरसाहब,

उनके डंडे, लप्पड़, झापड़।
कितने पापड़ बेलकर,
मास्टरनी के गाली सुनकर,
लिखे थे, ये किताब,
जिसे, आज दीमक चाटते हैं।
कहा था, मास्टरसाहब मत मारो,
हाय, लगेगी।
लो लग गई।
कलम से कहा था,
पढ़ने दो,
लिखने को मत कहो, नहीं माना।
आज, स्कूल के दौर में ही,
विद्यार्थी इनका अंतिम संस्कार कर,
स्याही को नदी रूपी,
नालियों में बहा, लैपटॉप पकड़ लेते हैं।
दूरदर्शन का वो जमाना याद आया,
रुकावट के लिए खेद है,
और
टौं का पांच मिनट तक बजते रहना।
सोच रुकी है मेरी .
अरे! कुछ नहीं बेटा, आया है,
कहता है पढ़ने की जरुरत नहीं।

वो गूगल बाबा करेंगे।
जिंदगी बिंदास हो जीना है।
ठीक ही तो कहा है, बेटे ने।
शब्दों के इस पिटारे को,
मैने भी कफन उढ़ाया और
चुपचाप उठा।
मास्टरसाहब को भेंट की,
किताब और कलम को संदूक में डाल,
मै भी बिंदास हो चल पड़ा।
वर्तमान में जीने, एक मयखाने की ओर।

*****

फुसलाते फूहड़

सुर ताल,
बेताल।
सुख-दुःख,
उलझे हैं।
ग्रह-नक्षत्र,
लड़ते, झगड़ते।
चेष्टा-कुचेष्टा का,
ब्यूह में।
भरी आषाढ़,
भाग्य सुखाड़।
नियति-दुर्गति,
हो रही,
कलयुगी अवनति।
जिंदगी के राग,
सारे,

भांड़ बैरागी।
टुनटुनाते ले झुनझुना,
फुसलाते फूहड़,
बह रहे हैं।

*****

पता है - एक फुटपाथ, आई आई एम चार रास्ता

पेट की चाहत थी,
दो वक्त का, भात, दाल, चोखा।
मिला क्या,
आश्वासन और धोखा।
चरित्र अपना साफ सुथरा।
परिवार छोटा,
माँ, बहन, बाप और एक बीवी।
मिला क्या,
बोझ से भरा जिम्मेदारियों का थैला।
चारों ओर आग थी, पेट की।
पेट की भट्टी,
धीरे-धीरे गर्म होती गई,
और
भात, दाल, चोखा, दूर होता गया।

वही पुरानी, कहानी,

पापी पेट का सवाल,

उधार पर उधार और तकाजा।

बैंक, साहूकार, रिश्तेदारों, का।

अंततः बीवी का चिकचिक, जेवर जो उसके गिरवी थे!

झेल न सका, छोड़ आया सबकुछ।

कमाने को शहर में।

सब पराये, बस फुटपाथ था, अपना।

एक खुला आशियाना,

ड्राइंग सह सोने सह संडास सह रसोई।

रोज कंबल से ढके इस सोते आदमी पर,

मूत्र त्यागता यहाँ का चौकीदार,

एक खौराहा कुपोषित कुत्ता।

इससे अच्छा मुर्गे की बांग कहाँ होता है!

दर्द की बयां नहीं, ये हकीकत है।

आप सादर आमंत्रित है, इस खुले आशियाने में,

कोई टिकट नहीं।

पता है - एक फुटपाथ, आई आई एम चार रास्ता।

एक विडम्बना!!!!!!!!!

*****

इश्किया खुमार

इश्किया खुमार है,
हुस्न का बुखार है।
बेखबर, बेखुदी में,
हुस्न की हर गुस्ताखियों को,
इस गुलाम का सलाम है।
इक निगाह, हुस्न का,
इक करार, लुत्फ का,
आफरीन जुस्तजू है,
इस जमीं से उस फलक,
नाजनीन गुलबदन, हमसफर हो मेरे।
अर्ज करता, दिल मेरा,
इक खता तुम करो,
गिरह सारे खोलकर,
रहगुजर रहनुमा, इस गुलाम का बन पड़ो।

*****

रास्ते के पत्थर

रास्तें के पत्थर, पेड़,
इंसान के अहसासों से,
कुछ सहमे, टूटे से हैं।
ये रास्तों का काफिला,
कुछ इतना लम्बा है कि,
बेचैन पेड़ो को, फुरसत ही नहीं,
सांसो को, थामने की।
शीशे चढ़े कारों की तेज रफ्तार,
परत दर परत जमते,
धुंध, धूल के गुबार,
खबर कौन करे, अमंगल की।
उपभोग की लीला है।
सांसत में है इस पेड़ की जान,
मौसम, सारे एक से होते जाये।
कहाँ चीत्कारें, पीड़ित, शोषित अत्याचार के मारे।

बंद है आवाजें जो शहरो में,
रास्ते के पत्थर, पेड़,
कुम्भलाये, कुंठित, निरुत्तर हो,
अब इंकलाब की सैलाब भी,
क्यों झेले!
रास्ते के पत्थर, पेड़,
सुगबुगाहट में, पूछते,
कब तक,
कितना ढोये, लूट और अत्याचार।

*****

ऐसे हैं, कुछ आज के मर्द

खिड़की से झांकता,
एक मर्द और जोर की आवाज।
खिड़की बंद और मर्द की मर्दानगी,
घर के अंदर।
ऐसे हैं, कुछ आज के मर्द।
मर्द की इच्छा,
दबंगई की,
एक आवाज, बीवी की,
हवा में सनसनाहट,
किन्तु, परन्तु, अपितु, सारे रास्ते बंद,
घिघियाते हुए नतमस्तक।
ऐसे हैं, कुछ आज के मर्द।
बस स्टॉप पर,
बच्चे का स्कूल बैग पकड़े,
नजरें दौड़ाते,

एक शिकार की तलाश में।
ऐसे हैं, कुछ आज के मर्द।
दफ्तर में काम का बोझ,
लौटते सब्जी के थैले का बोझ,
घर पहुंचकर रसोई का बोझ,
एक ही आस, कामवाली कब आएगी।
ऐसे हैं, कुछ आज के मर्द।

*****

क्या अजीब बात है

क्या अजीब बात है,
मेरा दिन और चाह है,
तेरा रात हो।
क्या अनहोनी है,
मेरा कोख ही, है मेरा,
बाकि सब बेगाने हैं।
क्या समाज है,
त्यौहार हो अपना,
वंचित, शोषित कोलाहल है।
क्या सोच है,
सुख हो मेरा, दुख हो तेरा।
कैसी प्रार्थना,
अर्थ हो मेरा, सत्ता मेरा,
अमरत्व हो मेरा, ईश्वर भी नतमस्तक हो मेरा।

*****

लकीरों का क्या दोष है

हाथों के लकीरें में,
उलझा है जीवन का किस्सा।
सिमटती, बिखरती उल्लासों में,
लकीरों की फिसलन,
नित्य नए भ्रान्ति की अभिव्यक्ति, है करती।
लकीरों के मिलने से,
लकीरों के कटने से,
लकीरों के ब्यूह में,
इंसान है ऐसा भयभीत, कि,
भांति-भांति के चरणों में नतमस्तक, है होता।
लकीरों की निष्ठा,
कुछ कच्ची सी है।
बंद मुठी को छोड़,
खुदगर्जी-मनमर्जी से,
ऐसी लकीरों को तराशती, कि,

इंसान के जज्बे को,
मिटाती, ये जाती।
लकीरों का क्या दोष है,
अपनों ने जो ऐसा छला है,
खुली आँखों से उलझती, बिसरती,
लकीरों को,
बस पढ़ने को छोड़ा है।

शब्दों से सृष्टि की व्याख्या, असंभव।

शब्दों से सृष्टि की व्याख्या, असंभव।
शब्द-निशब्द है,
मूढ़, मूर्धन्य, टूटे फूटे,
बवंडर में उड़ते, कब पटके जायेंगे,
इसी सोच में सहमे।
ऐसी ही परिस्थिति है,
कुछ बुद्धिजीवियों की,
न उगलते न निगलते,
संश्लेषण, विश्लेषण, क्रियाविशेषण की प्रयोशाला,
सब सिफर है, नेस्तनाबूद, कराहते।
नये प्रयोगों का समावेश, सर्वांगीण है, क्या।
आकांक्षा, अभिलाषा का नजरअंदाज,
दशकों से दशकों तक।
कब तक रोकोगे, बवाल।

धर्म, नस्ल, पूंजी, या छद्म विकास का।
इस छलावे में आ गए सब, गाहे-बगाहे।
देखा नहीं, अँधेरे चादर के पटल के अंदर ही,
साम्यवाद के धोखे में छत्रप का उदय।
जो अविनाशी!
आधार विकास को गतिरत करेगा या
राष्ट्रवाद का शंखनाद करेगा।
कह नहीं सकता, एक नई विश्व बिरादरी, और चाल पे चाल!!!
धोखा है सब,
इंसानियत पिट गया है।
न्यूक्लियर, अस्त्रों में, बेदम मरा और,
अब क्या असमानता की विकराल खाई।
उठो जागो, समानता की आधार का उद्गार दो,
रास्ता दो, हाथ दो, साथ दो, जोड़ो, बढ़े चलो।
नहीं, ये अभिव्यक्ति है, आजादी की।
एक सूत्रपात्र, एक नवसर्जन नई आयाम की।
सृष्टि का सृजन करो, महात्मा के रास्ते।

हरफनमौला हैं, हम।

जीवन के खेल में,
जीती बाजी हारते,
वो, हरफनमौला हैं, हम।
गम डुबा कर,
चाय की चुस्कियां, है सुड़कते,
वो हरफनमौला हैं, हम।
चलते-चलते रास्ते में,
हर हाथ को, बेतकल्लुफ साथ देते,
वो हरफनमौला हैं, हम।
अपना नाम है बदनाम,
गली मोहल्ले के, हैं शैतान,
अम्मी -अब्बा, रहे परेशान,
वो हरफनमौला हैं, हम।
मेरा क्या है, तेरा क्या,
खेल-खेल में, भूल के सब,

अय्यारी के कश मारते,
वो हरफनमौला हैं, हम।
इश्क, ईमान में मस्तमौला,
इंकलाब के शोले हैं,
ऐसे हरफनमौला हैं, हम।

*****

मेरे दोस्त, मेरे मौत के बाद

मेरे दोस्त, मेरे मौत के बाद,
मेरा सम्मान कर देना।
अनुरोध है कि,
मेरे इस निर्जीव शरीर को
एक चादर ओढ़ा देना और,
इसे चारों कोनों से बांधकर,
मेरा गट्ठर मत बनाना।
मेरी मौत हुई है,
मै आजाद हूँ,
तुम्हारी सारी घिसी पिट्टी परिपाटियों से।
मेरे दोस्त मेरे मौत के बाद,
मेरा सम्मान कर देना।
मै रहता हूँ, इन अट्टालिकाओं,
के मंजिलो के बीच।
आभास है मुझे, मै अभिमानी, निष्ठुर।

रहता, सीमित दिल और दायरों में।
बेखौफ, गतिशील हूँ, इन लिफ्टों के साथ।
जहां साझा किया हर मूर्त–अमूर्त, सदेह।
मेरे दोस्त मेरे मौत के बाद,
मेरा थोड़ा सम्मान कर देना, और
मुझे इन सीढ़ियों से रगड़ते मत उतारना,
बहुत तकलीफ होगी,
मेरे दोस्त, मौत के बाद, थोड़ा सुकून दे देना।
मेरे दोस्त मेरे मौत के बाद,
मेरा थोड़ा सम्मान कर देना।
मालूम है,
इन अट्टालिकाओ में मैंने कमाई,
चार अपने नहीं।
विनती है कि, भाड़े के चार लोग ढूंढ के, ले लाना।
मुझे लिटा देना, और
चादर के चारों कोने को जकड़ कर पकड़ना।
मुझे वो बड़ी लिफ्ट से उतारना, उसमें
थोड़ा हाथ, पैर फैला देना, मेरी लाश को चैन मिलेगा।
मेरे दोस्त मेरे मौत के बाद,
मेरा थोड़ा सम्मान कर देना।
मेरे दोस्त, मुझे बहुत, याद आ रहा है,

वो अपना छोटा सा घर, जिसे छोड़ा था,

रोटी के खातिर और फिर, अंधी चकाचौंधी दौड़ के लिए।

काश! मै वहाँ होता।

मौत आती तो जमीं होता और चार कांधा भी मिलता।

मेरे दोस्त मेरे मौत के बाद,

मेरा थोड़ा सम्मान कर देना, तुम मेरे जैसी गलती मत करना।।

*****

ठूँठे क्यों हो, रूठे क्यों हो,

पथरीले रास्ते के पथिक
क्षण-क्षण हिम्मत का उद्गार करें।
खुला आसमान, ऊँची छोटी,
सन-सन हवायें, हृदय की हिलोरें,
जाग उठायें, त्याग का भाव।
वक्त की चक्र कुछ ऐसी है,
सवाल-जवाब की असमंजस में,
पथरीले रास्ते के, पथिक के,
उथले मन में, उथल पुथल की भूचाल, है गूंजे।
ठूँठे क्यों हो, रूठे क्यों हो,
सूखे जीवन पथ में, जीवन को तुम गुलजार करो।
चढ़ते सूरज सा, विश्व पटल पर,
इस देश की गाथा का, तुम अभिगान करो।
लथपथ व्यवस्था को शांति पथ का,
पथिक हो तुम, हूँकार करो!
रात के अंधियारे में जुगनू सा, ओज पूर्ण तुम प्रकाश बनो।

*****

लिखना है, अलख जगाना है, एक सोच की!!

सोचा था इस कलम को,
तोड़ मरोड़ कर,
कचरे के डब्बे में फेंक दूंगा।
निजात पाना था,
कागज के पन्नों को लिखने और फाड़ने से।
संजीदा मन घबराता है
अतीत के पन्नों को याद करने से।
मिटे हुए लकीरों की राह ताकने से।
मन ने कहा, अब नहीं!
रुक जाओ।
बेतुके भागते, बिखरते जीवन को,
हिम्मत ने जवाब दिया,
तोड़ दो इस कलम को, फेंक दो इसे।
इक हवा के झोंके ने,

कागज के पन्नों को उड़ा दिया,
दूर कहीं नहीं, पास की सड़ांध गटर में।
मटमैले पन्नों की किस्मत का ये खेल देख,
दिल ही दिल, तमन्ना बलवत हुई,
लिखना है, अलख जगाना है, एक सोच की!!
साथ चाहिए आपका, देंगे क्या?

*****

आदतन, दिलफरेबी शायर हूँ:

अनसुलझी कहानी है,
पन्नों में सिमटी नहीं,
हकीकत की जिंदगानी है।
अटपटी है, चटपटी है,
लफ्फाजी है, शरारती है,
कुछ नहीं जनाब, ये तो,
गेहूँ में पिसती हुई घुन सी, जिंदगी की बानगी है।
मियाँ क्या कहूँ, कोसता किस्मत और,
फटे जुराबें पहने घूमता हूँ,
तसल्ली फिर भी है,
दिल की धड़कनें, उमड़-घुमड़,
जवानी के अफसाने को उधेड़ने को है।
दांत टूटने को आये हैं,
फिर भी छोरियां देख, आंख फड़काने की दीवानगी है।
लड़खड़ाती जुबान से, फिसलती ही नहीं,

लड़कपन की चुलबुलाहट,
शोख सी अदायें देख, हाथों की लाठी भी थिरकने को आती है।
चलो बहुत हो गया मियां,
कब्र में दफन होने का वक्त हो आया है,
गुस्ताखियों से तौबा कर लो।
आदतन, दिलफरेबी शायर हूँ,
खोने को क्या है,
कब्रिस्तान में भी, चार जनाना,
कब्रों के बीच, मेरा आरामगाह है।

*****

मदिरा हूँ मैं, मदहोश

शराब ने जाम हलक करके कहा,
मेरा गम इतना कि,
पूछो नहीं,
भटकती जिंदगी, ढूंढने,
हर साकी आता यहीं।
मदिरा हूँ,
मैं, मदहोश,
मयखाने की शान हूँ मैं,
हर इश्क का प्याम हूँ,
खाली सी जाम का तड़पता, आशिक बदनाम हूँ।
बेखुदी में, धधकता,
वो लौ हूँ मैं,
शराब की इक झलक देख,
खुद ब खुद झूमता,
इक दिलफरेब हूँ मैं।

मय की जश्न में, जो मैं डूबा,
इक फरीद से मैं, ईमानफरोश बन गया हूँ।
बलवा इतना,
इस शराब ने मुझसे है कराया, कि
हर साकी इस मयखाने का, परेशान हो गया है।
वो माशूका भी मयखाने की ठेका छोड़,
मेरे इंतकाम का आगाज कर बैठी हैं।

*****

दिखे जिंदगानी, है ये मेरी जिंदगानी।

रूहानी, मस्तानी, जिस्मानी,
मदमस्त है, ये जिंदगानी।
अद्‌भुत, अद्वितीय, अविस्मणीय,
प्रस्फुटित, है ये जिंदगानी।
आकांक्षा, अभिलाषा, आशा में,
ओतप्रोत, है ये जिंदगानी।
भूल-चूक, लेनी-देनी,
बिसर जाओ सब, तुम इस जिंदगानी।
पूरब-पश्चिम, उत्तर-दक्षिण,
चहुँओर,
दिखे जिंदगानी, हो ये सबकी जिंदगानी।

*****

वो कहती है

वो कहती है,
अजीब बात है,
दिन में रात है,
सुख में दुःख है,
छल, कपट की सौगात है,
फिर भी, जिंदगी मेरी-तेरी एक साथ है।
वो देखती है,
इस जहाँ में हर तरफ,
सच में झूठ का साथ है,
जीत कर हारती श्वास है,
न जाने फिर भी इस मन का विश्वास है,
मेरी-तेरी जिंदगी की बानगी में सिर्फ मिठास है।
वो कह रही,
इक मुकाम की तलाश में,
खानाबदोश बन, क्यों निकल पड़े।

क्या पा लिया, सिर्फ खो दिया।

फिक्र नहीं,

हमसफर तुझसा जो पा लिया,

जिंदगी के हर गूढ़ को है, जी लिया।

*****

मिट्टी का प्यार, सब हवा हो गया है

मिट्टी का रंग,
मिटटी का सुगंध,
मिट्टी का प्यार, सब हवा हो गया है।
ऐ जिंदगी, मिट्टी से, जुदा मैं,
एक मुसाफिर हो गया हूँ।
वो गुलिंस्ता की खुशबु,
वो हवाओं की सनसनाहट,
वो मिट्टी से जुड़ा, वो पौधों की झुरमुट,
रोटी की ललक में, चकाचौंध की झलक में,
वजूद अपनी खो,
एक मुसाफिर हो गया है।
मिट्टी की सदा, आज बयां करता हूँ,
विकास के बवंडर में,
मिट्टी अपनी उर्वरता,
छोड़ पथरीली हो गई है।

मिट्टी भी हवा में उड़कर,
रेतीली हो गई है,
हकीकत में ये भी,
कंक्रीट के जंगल में जमीं ढूंढता,
मुझसा एक मुसाफिर बन गया है।

होश है कहाँ

फुरसत है तो जरा अपनी जिंदगी के,
मसलों से बाहर निकल कर देखो,
दिल भी दिखेगा, जान भी दिखेगा,
तुम्हे एक हँसता-खेलता अपना सा, इक जहाँ भी दिखेगा।
मसले तो सुलझाने को होते हैं,
किस्से तो बेगाने के बनते हैं,
वक्त कहां किसी को समझने को है कि,
यहाँ घर तो, अपनों के ही होते है।
दौर है ये ऐसा कि,
लहू इतना गर्म है, जुबाँ इतनी सर्द है।
इंसान बचा ही कहाँ,
यहाँ तो हर दिल की तल में लगा अम्बारों का तलछट है।
चलती गाड़ियों के वातनकुलक के,
बंद शीशे से झांकती नजरें,
कुकुरमुत्ते से उगते कंक्रीटों के मकान को आशियां समझती है।
होश है कहाँ,

यहाँ इमारतों के तल्लों को, लोग जमीं समझ बैठे हैं।
तल्खियाँ अपनों में इतनी बढ़ गई हैं कि,
इंसान अपने बुजुर्गों को जिन्दा ही दफन को बेताब हैं।
बोया था जो मतलबपरस्ती का फसल,
लो काटने को यहाँ अपने ही चारों ओर खड़े दीखते हैं।

*****

मानवता की रीढ़ की हड्डीः खिसक गई है

स्वछंदता की बिछी बिसात में,
सशक्तिकरण के घालमेल में,
इक इंसान,
बार-बार, घबराये मन से
ये पूछ रहा है।
मानवता की रीढ़ की हड्डी,
क्यों, खिसक गई है।
इंसानों की बस्ती में,
किलकारी छोड़, आतुर क्यों है,
सब उथल-पुथल को।
तलवारों की हूँकारो में,
धीर विचार को, जड़ता का,
क्यों कोढ़ मार गया?
भ्रम है, माया है, या फिर,

सृष्टि की, ये छद्‌म चाल है।
तलवारों की हूंकारों से,
लहू की नदियां, क्यों उगल रही है।
चलो चलें, सब भूल-भाल के,
इस तपती अंगारों में, जल की धारा सींचने।
मानवता की ब्यार बहायें, अपनों में प्यार बढ़ायें,
जीवन को मिलजुलकर गुलजार बनायें।

*****

ये जिंदगी और क्या

ये जिंदगी और क्या,
सिर्फ तेरा मेरा।
वक्त - बेवक्त, बेचैन हो,
एक गुजारिश,
जीवंत है, ये जिंदगी,
साथ है जब, सिर्फ तेरा-मेरा।
ये जिंदगी और क्या,
नोकझोंक, रार, तकरार,
और, एक करार,
सिर्फ मेरा तेरा।
ये जिंदगी और क्या,
मेरी रूह, जान, तेरा गुलाम,
तेरा सुरूर है मेरा फितूर।
ये जिंदगी और क्या।
आरजू, ख्वाहिशें, जुस्तजू,

इस जिंदगी की,
पल-पल,
रूबरू हो, सिर्फ, तेरा-मेरा।
जिंदगी से,
एक फरमान है मेरा-तेरा,
खत्म हो, फिर भी साथ हो तेरा-मेरा।
ये जिंदगी और क्या,
सिर्फ तेरा-मेरा।

*****

मेरे एक हाथ दूसरे हाथ से बातें करते हैं

अजीब है पर, मैं,
बातें करता हूँ, खुद से।
मेरे एक हाथ दूसरे हाथ से बातें करते हैं,
कहते है, क्यों सुनना दिमाग का हुकुम,
अपनी करेंगे, अवहेलना करेंगे।
आजकल, मेरे पैर भी,
एक दूसरे से बातें करने लगे हैं,
जमीं पे, हैं ही नहीं,
खुद ब खुद निकल पड़ते हैं, उन्ही गलियों में,
जहाँ जाना मना है, शरीफजादों को।
दिल भी मेरा अपनी राह चलता,
हर आती जाती पर फिसल जाता है।
मेरे लबों का क्या कहना,
दोनों लब हैं कि, सिकुड़े पड़े रहते हैं,

न जाने, हसीनों को देख, पानी-पानी हो,
जीभ फेरने लगते हैं।
मेरे आंखें भी एक दूसरे से बातें करने लगी हैं,
मिचमिचाने की तमन्ना आ गई है।
दिमाग को किनार कर, खुद हीं कमानी करते हैं।
तमाशाई बन गये हैं, दिलफरेबों के।
कैसा वक्त है, कोई सुनता ही नहीं,
खुद ब खुद सारे सिपहसिलार हैं।
दिमागी दिवालियापन का दौर है,
भाई, बड़ी अराजकता है इस शरीर में,
किसी दुश्मन को भी न हो।

*****

न बरसो, न गरजो

पेड़ों की झुरमुट में,
गिरती बारिश की बूँदे,
खिलखिलाती फूलो की रंगत, और चिड़ियों की चहचहाहट,
दिखती कहाँ,
इन इमारतों के पारदर्शक शीशे से।
टपकती बरसात की बूंदों को देख
तंगदिल इंसानों के,
दिल के सिकुड़े कोने से,
सिर्फ सिसकती एक एहसास,
न बरसो, न गरजो, मुझे मेरे आशियाने तक पहुंचने तो दो।
घनघोर बादलों के गरजते, चमकते हूजूम में,
मोरनी का वो इतराना, पेड़ों का वो लहराना,
टपकती बरसात की बूंदो से,
बालों में मोती सा माले का पिरोना,
पैरों का पानी में छपछपाना, सब भूल गए हम।

चले थे कहाँ, किधर को पहुंच गये!

सिर्फ सिसकती एक दिल की एहसास,

न बरसो, न गरजो, मुझे मेरे आशियाने तक पहुंचने तो दो।

*****

प्रकृति नेपथ्य की ओर

बरसती बूंदों में,
चांदी सा ये आंगन में,
लकलक का गरदन, यूं उचकाना, और, फूलों का स्पंदन।
प्रकृति के आँगन में,
अनगिनत इन बागों के मेलों का, सोचा ही नहीं था।
आज खुद की परछाई में लिपटकर,
तराशता हूँ, मैं सपनों का रेला,
हो गाड़ी, एक घोड़ा, और,
आसमान में अपना भी एक आशियाना हो।
सोचा ही नहीं इसके और आगे क्या!
ललक थी जो क्षितिज की,
न जाने आज खुद में सिमटकर,
जीवंत हूँ या बेपरवाह, या हूँ मैं निष्ठुर,
गुरेज ही नहीं, सिर्फ मैं ही मैं हूँ।
प्रकृति की ऐसी सुघड़ता है,

सब को पिरो कर साथ संजोने की,
चल, अचल, सूक्ष्म या हो विशाल,
अनेक सुरों को एक ही ताल में पिरोने की।
इन ऊंची पेड़ों की मनोवृति भी देखो,
जमीं को जकड़कर,
जमीं पे रहकर,
आसमान को, ये छू ले।
इंसानों की बस्ती की,
आज फितरत ये समझो,
जन्मे कहाँ, बढ़े कहाँ, और मरे कहाँ,
किसे है पता।
अजीब सी है व्यथा, क्यों कहे जा रहा हूँ,
विकास के ऐसे मंजर में,
प्रकृति को नेपथ्य की ओर, सिर्फ धकेले जा रहा हूँ।

*****

ऐसा जला हूँ की

धुंध से ढकी यादों को,
हवा के एक झोंके ने, यूं ही उड़ा दिया।
एक पल में ही,
इस चिलमन में बसी,
तेरी यादों के जख्म के लौ,
इस रूह में फिर जला दिया।
आशिकी में हमदम के,
अफसाने इतने थे,
कि, अँधेरे का आसरा ही न था।
गफलत थी,
वक्त की फेर में,
ऐसा जला हूँ की,
गुमनाम गालिब बन गए हैं, हम जनाब।

*****

थोड़ा सच्चा करते हैं

सोचो जरा,

धरा आसमान में,

आसमान धरा पे, फिर

जीवन, हो, कहाँ पे।

भांति-भांति के जमाते,

मौंजू ये मजमे,

लगा के सब हैं, बैठे।

कहते हैं, फिरते,

मेरी ही गाथा, है पूरी सच्ची,

बाकि सभी की गाथा, है पूरी कच्ची।

फितरत में अपनी,

कच्चे धागों की लड़िया गुंथी हैं,

ये कैसी।

मजमे के हूल्लड़ में,

तुम लगे क्यों हो भैया।

इंसानो की बस्ती में,
मरघट की जमघट बसाने को, आतुर क्यों हो भैया।
सोचो जरा तुम,
दो गज में सिमटकर,
जब है मिट्टी में मिलना।
ये टीन कनस्तर के औजारों की,
थर्राहट क्यों है करना।
चलो चलते हैं, कुछ अच्छा करते हैं,
थोड़ा सच्चा करते हैं।
जमीं आसमान की बातें छोड़,
प्यार मुहब्बत की, बयां इस जुबाँ से करते हैं।

ऐसा न होता, तो अच्छा था

नन्हें उंगलियों का हाथों से फिसलना,
फिर पलटना और गिरे चप्पल की ओर ताकना।
सकून दे, दिल ने इत्मीनान से सोचा,
ऐसा भी होता था, जो अच्छा था।
माँ थी साथ, चलते कदमों को थाम,
नन्हें पंजों को जमीं खुरेदने से रोकते,
पलटकर चप्पल वापस नन्हें पंजों में डालकर,
आगे बढ़ना,
सकून दे, दिल ने इत्मीनान से सोचा,
ऐसा भी होता था, जो अच्छा था।
वक्त का बढ़ना और इन नन्हें कदमों का,
मेरे कांधे तक छू जाना और अब,
चप्पल का ना गिरना।
अलबत्ता, उंगलियों से फिसल,
इन कदमों का मीलों दूर चला जाना।
तड़पते दिल ने तन्हे में सोचा,
ऐसा न होता, तो अच्छा था।

*****

अछूता कौन, सब है गौण।

विचारों की कसमसाहट में,
सैलाब था, कटुता का।
बदलती फिजा की फितरत ने,
बदल दिया, सब कुछ।
सजीव-निर्जीव, मूर्त-अमूर्त।
अछूता कौन, सब है गौण।
बादलों की, गड़गड़हाट में,
घनघोर अँधेरा,
पुकारता अस्तित्वविहीन,
सत्य को।
विचारों की उमड़-घुमड़,
शून्य आकार ग्रहण कर,
ठप एक बिंदु पे।
परिस्थिति, वक्त मूढ़ हो,
मूर्धन्य की ओर दोष ओढ़ाता।
असाध्य डर से बेखौफ मन,

बिजली की चमक में कौंधता,
क्यों रेला इन चिट्टियों का।
मरे को मारते बदहवास।
लोथड़ा, काटते, नोचते,
चूहे के मृत जर्जर लकवाग्रस्त जीर्ण को।
वक्त नहीं, जमीं भी बदल गई।
अछूता कौन।
लील लिया असत्य ने सत्य को।
ग्रसित मन बढ़ चला,
सैलाबों में मिटे जीवन के छापों को,
सहारा देने।

कष्ट क्यों, इस पथ पर

हाड़ मांस का लोथड़ा,
सुविधा की सांत्वना से ग्रसित,
निरंतर ढोता चला, मैं।
कथन है, कष्ट क्यों, इस पथ पर।
शाश्वत सत्य की बखान,
मोक्ष, अमरत्व है, पूर्ण सत्य।
कथन है, कष्ट क्यों, इस पथ पर।
दर्द की असीम लहराव,
छटपटाहट स्थिर शरीर का,
तन–मन का साथ न देता,
स्थिर खड़ा कोसता,
कुढ़ता जिंदगी पर।
कथन है, कष्ट क्यों, इस पथ पर।
जिह्वा की जोर, पुरजोर,
लुंज–पुंज है शरीर, किन्तु

दम्भ, अहंकार चरमोत्कर्ष पर।
मौत की सत्यता से घबराता,
जीने की जिजीविषा पाल, सोचता।
कथन है, कष्ट क्यों, इस पथ पर।
मोक्ष की अभिलाषा में,
मृत्यु से भागता,
उपासना, प्रार्थना की ओट में,
इस केंचुए से मुक्ति को उद्गारता।
कथन है, कष्ट क्यों, इस पथ पर।

*****